Epaminondas Badaró IV na Floresta dos Filósofos

Ilan Brenman • Clóvis de Barros Filho

Epaminondas Badaró IV na Floresta dos Filósofos

Ilustrações
Juka

Coordenação	Ana Carolina Freitas
Design gráfico	Fernando Cornacchia
Revisão	Ana Carolina Freitas
	Isabel Petronilha Costa
	Anna Carolina G. de Souza

Dados Internacionais de Catalogação na Publicação (CIP)
(Câmara Brasileira do Livro, SP, Brasil)

Brenman, Ilan

Epaminondas Badaró IV na floresta dos filósofos / Ilan Brenman, Clóvis de Barros Filho; ilustrações Juka. – Campinas, SP: Papirus 7 Mares, 2022.

ISBN 978-65-5592-029-1

1. Filosofia – Literatura infantojuvenil I. Barros Filho, Clóvis de. II. Juka. III. Título.

22-124932   CDD-028.5

Índices para catálogo sistemático:
1. Filosofia: Literatura infantil   028.5
2. Filosofia: Literatura infantojuvenil   028.5

Cibele Maria Dias – Bibliotecária – CRB-8/9427

1ª Edição - 2022

A grafia deste livro está atualizada segundo o Acordo Ortográfico da Língua Portuguesa adotado no Brasil a partir de 2009.

Proibida a reprodução total ou parcial da obra de acordo com a lei 9.610/98.
Editora afiliada à Associação Brasileira dos Direitos Reprográficos (ABDR).

DIREITOS RESERVADOS PARA A LÍNGUA PORTUGUESA:
© M.R. Cornacchia Editora Ltda. – Papirus Editora
R. Barata Ribeiro, 79, sala 316 – CEP 13023-030 – Vila Itapura
Fone: (19) 3790-1300 – Campinas – São Paulo – Brasil
E-mail: editora@papirus.com.br – www.papirus.com.br

SUMÁRIO

6 Epaminondas Badaró IV, o gato rebelde

12 Sócrates, o lêmure

24 Platão, a pantera

42 Aristóteles, o castor

54 Giovanni Pico della Mirandola, o pica-pau

64 Hobbes, a girafa

77 Glossário

83 Informações paratextuais

Epaminondas Badaró IV,
o gato rebelde

No palácio de Epaminondas Badaró III, tudo era luxo e prosperidade. Os desejos de seus moradores eram rapidamente saciados. Se alguém quisesse provar o leite do Tibete ou petiscar a sardinha do mar Egeu, dias depois essas iguarias estariam na cozinha real.

Foi nesse ambiente que nasceu o gato príncipe Epaminondas Badaró IV, rodeado do bom e do melhor. Desde a infância, ele foi educado pelos melhores professores do mundo. Aprendia tudo que lhe ensinavam. Aluno brilhante em todas as matérias.

E como ele gostava de aprender!

Epaminondas tinha uma atração incontrolável pelo saber. Profundamente curioso desde o nascimento. Além de mandar muito bem em matemática, astronomia e dança, era um exímio caçador de ratos, campeão de saltos ornamentais e um escalador talentosíssimo de árvores, muros e móveis em geral.

Como se fosse pouco, desenvolveu uma técnica única de autolimpeza corporal que faria inveja aos superasseados peixes, que passam a vida se lavando.

O pai do príncipe queria prepará-lo para governar e decidiu casá-lo cedo com uma princesa, uma gata!

Mas o soberano andava muito preocupado com a curiosidade do filho. Ela poderia levá-lo a sair dos trilhos e a abandonar seu destino: o de liderar seu povo. Por isso, o rei decidiu afastar do príncipe todas as imagens e sensações de sofrimento que pudessem entristecê-lo. Para que ele só convivesse com beleza, bondade e prazer. Sua curiosidade ficaria aprisionada nesse mundo perfeito.

Acontece que o rei esqueceu de avisar outro poderoso soberano, o ACASO, sobre suas intenções. E, por artimanha dele, Epaminondas viu passar pelo portão principal do palácio um velho mendigo muito doente pedindo comida. Aquela imagem mexeu profundamente com o príncipe, que saiu em disparada para perguntar ao pai sobre o que tinha acabado de ver.

"Pai, existem mendigos? Há quem seja tão pobre a ponto de passar fome? O que significa estar doente? Por que tanta riqueza e tanta pobreza no mesmo mundo? Todos envelhecem como o mendigo? A vida acaba? O que acontece depois?"

As perguntas se multiplicavam. O rei, sem saber o que responder, viu-se obrigado a enrolar o filho. Ordenou que ninguém no palácio falasse sobre esses assuntos com o príncipe. Caso contrário, seriam severamente punidos.

O silêncio dos familiares e serviçais só causou mais agitação na cabeça e no coração de Epaminondas IV. O príncipe gato, então, decidiu fugir para descobrir por conta própria os mistérios da vida e da natureza.

Ele pegou uma trouxa pequena de roupas e, sem dificuldade, deu um salto triplo carpado para atravessar o muro do palácio.

Sua busca havia começado.

Perambulando pela cidade, Epaminondas deu de cara com o tal mendigo que mudara sua vida. Era mesmo muito velho e doente. Mas também um grande sábio. Um asceta. Homem dedicado às orações e exercícios constantes de autocontrole.

Com certo receio, o príncipe se aproximou, tomou coragem e começou a despejar suas perguntas sobre o sábio.

O asceta então respondeu:

– O lugar onde você talvez encontre algumas dessas respostas é a floresta dos filósofos.

Epaminondas sentiu o coração disparar.

Floresta dos filósofos! Como era possível não ter ouvido falar num lugar assim? Pediu ao mendigo que lhe indicasse o caminho e saiu em disparada.

Depois de um bom tempo de correria e coração na boca, Epaminondas finalmente chegou às imediações de uma exuberante floresta. Cores, cheiros, sons, que ele não havia conhecido antes, inundavam seu corpo.

Respirou fundo, limpou-se como nunca – hábitos são difíceis de abandonar – e avançou sem medo, rumo ao seu destino.

Sócrates,
o lêmure

Mal começara a caminhada, Epaminondas ouviu um ruído que o pôs alerta. Ligeiro, escondeu-se atrás de uma enorme árvore. Dois bichos se aproximavam. Um era bem estranho e feio, com um nariz achatado e olhos muito grandes. O outro tinha porte e elegância aristocráticos. Eles não paravam de falar.

Epaminondas tomou coragem e saltou na frente dos dois. O susto foi grande!

– Sinto muito, não quis assustá-los – disse Epaminondas.

– Quem é você? – perguntou a criatura de olhos grandes.

O príncipe contou sua história rapidamente e lhes devolveu a pergunta.

– Eu sou Sócrates e este aqui é o meu querido aluno e amigo Arístocles. Mas todos o conhecem por Platão. Então, gato Epaminondas, quer dizer que você veio à floresta dos filósofos em busca da verdade?– perguntou Sócrates.

– Não sei bem. O que é a verdade?

– É como uma pedra azul que mora no riacho. Ela não é muito grande. Tanto que a correnteza forte a leva. Junto com outras pedras, plantas, tocos e sujeiras de todo tipo.

– Você sabe a que altura do riacho posso encontrá-la?

– Precisamente, não sei. Faz tempo que eu também a procuro. Mas até agora, nada. Fico no riacho todos os dias, horas a fio, passando redes e peneiras.

– Se já faz tanto tempo que a procura, por que continua a procurar? – perguntou Epaminondas com uma expressão curiosa.

– Porque ainda não encontrei.

– E você quer muito essa pedra?

– Se não quisesse tanto, já teria desistido, não acha?

– E como sabe que ela existe?

– Excelente pergunta, Epaminondas!

– Obrigado, mas você não me respondeu. Como sabe que ela existe?

– Os sábios já a encontraram.

– Você não é sábio, Sócrates?

– Outra boa pergunta, Epaminondas. Você, por acaso, não terá sido meu aluno?

Platão, que conhecia todos os alunos do mestre, rodeou o príncipe bem devagar e, observando-o detalhadamente, disse:

– Mestre, nunca vi gato mais gordo!

Sócrates riu ao ouvir as palavras de Platão. Já Epaminondas, habituado a outro tipo de tratamento, não gostou muito da brincadeira.

– Não fique chateado. Ele não quis ofender – emendou o mestre com sensibilidade.

– Tudo bem. Você ainda não me respondeu se é sábio.

– Não, não sou sábio.

– Mas você parece saber tanto.

– Eu só sei uma coisa!

– O quê?

– Que não sei!

– Então você não sabe nada?

– Sei, sim. Sei que não sei. Essa consciência da minha ignorância é toda a pequena sabedoria que tenho. O meu único saber.

– Parece pouco para ser um sábio!

– Você acha?

– Acho.

– Então deve ser.

– E você, o que acha? – perguntou Epaminondas, um pouco confuso.

– Sobre isso? Nada. Eu já disse: só sei que não sei. Logo, não posso saber se isso basta para ser um sábio.

Epaminondas ficou alguns segundos tentando processar aquela conversa, quando, de repente, lhe surgiu outra pergunta:

– Sócrates, por que você disse que a verdade é como uma pedra azul? O que significa esse "como"?

– Significa que não é exatamente aquilo. Que estou fazendo uma comparação.

– Entre a verdade e a pedra azul?

– Exatamente.

– Como assim?

– Vou lhe explicar. Você é um gato bem curioso. Daria um belo filósofo.

– Antes da sua explicação, só uma curiosidade: os bichos da floresta tomam leite e comem sardinha como nós, gatos?

– Filósofos se alimentam de ideias!

– E qual o gosto das ideias?

Sócrates adorou a pergunta.

– Epaminondas, você tem certeza de que não foi meu aluno? – disse o mestre com um sorriso no rosto. – As ideias têm o sabor de frutas e nozes.

– Sério?

– Sim, sério. Para mim o sabor é esse. Mas para cada bicho filósofo o sabor é diferente. Aliás, a palavra "sabor" tem origem na palavra "saber".

– Bom sabor, quer dizer, bom saber – disse, sorrindo, Epaminondas.

– Eu não esqueci sua pergunta sobre a pedra, minha memória é boa!

– Realmente, Sócrates. Você nunca esquece nada. Parece anotar tudo o que fala.

– Nunca! Não confio no texto escrito! Ele está lá parado, sem vida, não retruca ninguém. A minha memória é viva, atuante, dinâmica, isso me basta! Mas vamos falar sobre a comparação da pedra com a verdade. Para isso, vou lhe fazer mais uma pergunta. Você já deixou o pensamento solto? Para que pudesse passar por onde quisesses?

– Não sei se entendi muito bem a sua pergunta.

– Vamos dar um passo atrás. Às vezes vale a pena. Você já se concentrou para resolver um problema?

– Claro. Foram 12 anos só de matemática.

– Você direcionou sua mente para encontrar a solução dos seus problemas matemáticos?

– Claro.

– Ótimo. Você concorda que é diferente de quando você deixa o pensamento livre para vagar por onde quiser?

– Agora eu entendi. Claro que sim. É muito diferente.

– Então. Ao falar de busca da verdade, estamos falando de alguma coisa que tem mais a ver com o problema de matemática do que com as viajadas que você dava na aula de vez em quando.

– E como você sabe que eu viajava de vez em quando nas minhas aulas com o professor Euclides?

– Eu já lhe disse que não sei nada.

– Lá vem você com esse papo que não sabe nada. Bem, eu já entendi que buscar a verdade é como se fosse um trabalho dirigido.

– Exatamente. Você concorda que num trabalho desse tipo várias coisas passam pela sua cabeça? Como as diversas etapas desse trabalho?

– Sim.

– Podemos dizer que as coisas do pensamento estão em movimento? E que há um fluxo de uma coisa que segue a outra? Ou um pensamento que entra no lugar do outro, aqui de forma dirigida?

– Acho que sim.

– Então. Esse fluxo é a correnteza. As águas do rio. Sempre outras. Sempre renovadas.

– Por que rio?

– Porque o pensamento de que estamos falando tem que passar por ali. Como as águas de um rio. Que não podem passar por onde bem entenderem.

– Entendi agora. Então o rio é o trabalho dirigido? E o fluxo do rio corresponde aos pensamentos que nos vêm à cabeça para procurar a solução que estamos buscando?

– Exatamente.

– Você disse que as águas levavam com ela, além da pedra azul, plantas, detritos, outras pedras, tocos etc. O que isso quer dizer?

– Como no caso da pedra azul, muitos pensamentos que nos vêm à mente quando estamos procurando a verdade nada têm a ver com ela.

– Olha! Entendi. Muitas vezes, durante as aulas do professor Euclides, a minha mente não ouvia mais números e ficava pensando o que haveria para o almoço, ou como seria o meu fim de semana.

– Sim, podemos dizer que isso são as plantas e outros objetos do rio. Mas sua mente só viajava nas comidas e na sua folga?

– Não, eu também ouvia, e ainda ouço, no pensamento, vozes dos meus outros professores, dos meus pais, dos meus amigos do palácio.

– E o que dizem essas vozes?

– Elas me dão conselhos, falam o que é certo ou errado e me direcionam.

– Você já pensou que essas vozes são simples opiniões? Daqueles que dizem que acham isso ou aquilo. Só de orelhada. Meras repetições do que todo mundo diz. Às vezes com as mesmas palavras.

– Nunca pensei sobre isso. Eu achava que essas vozes, por terem raízes nos nossos ancestrais, eram verdadeiras.

– Muita gente acha isso. São pensamentos muito antigos que vão se cristalizando. Ou seja, se houve algum erro no pensamento inicial, ele é carregado do passado até a sua mente atual com ar de grande sabedoria.

– Sinto que isso que você acabou de falar é verdade. Numa das aulas de astronomia com o professor Ptolomeu, eu estava espirrando e soluçando muito. Na hora me veio à cabeça um pensamento, a voz do médico do palácio, o Plínio. A voz me dizia para tocar as narinas de uma mula com a minha boca para eu me curar.

– E você fez isso, Epaminondas?

– Fiz, Sócrates. Depois da aula, fui ao estábulo real e dei um beijinho no nariz da mula.

– E adiantou?

– Não! E, ainda por cima, fiquei cheio de meleca de nariz da mula na cara.

Platão, nesse instante, fez uma cara de nojo que arrancou um sorriso dos outros dois.

– Quer dizer que esse conhecimento antigo do Plínio, e que chegou até você, não é verdadeiro?

– Isso mesmo, Sócrates.

– Por isso que digo que esses pensamentos nos iludem. São simples sensações. Resultado do que o mundo nos faz sentir quando aparece diante de nós. Como eu disse, nada disso é a verdade. Pelo contrário. Só atrapalha a sua busca.

– Como outras pedras e plantas podem dificultar a busca pela pedra azul?

– Muito bem.

– Que incrível, Sócrates. E esse rio? E se estivermos procurando a pedra azul no rio errado? E se nesse rio não tiver pedra azul?

– Isso não pode acontecer, gato príncipe Epaminondas. Esse rio é a sua alma! E em toda alma tem uma pedra azul!

Epaminondas parecia paralisado ao ouvir as últimas palavras de Sócrates. Um assombro tomou conta do corpo todo do gato.

– Você parece assombrado, Epaminondas.

– Sim, assim estou!

– Muito bom! O assombro é o começo da filosofia, do amor pelo saber e pela verdade.

– Posso perguntar mais?

Sócrates sorriu e disse:

– Mais um pouquinho, porque ainda preciso fazer meu pilates.

– Filósofos se exercitam?

– Corpo são, mente sã e vice-versa.

– Bom, então deixe que me apresse nas últimas perguntas. As pedras azuis entram quando no seu interior?

– Antes mesmo de nascermos, almas e pedras azuis já se conheciam. E de longuíssima data. É que alguns rios facilitam a busca. E outros escondem suas pedras azuis bem longe das nossas redes e das nossas peneiras.

– Você não pode desistir, Sócrates. Afinal, você é o mais sábio da floresta. Se alguém tiver que encontrar a pedra azul, tem de ser você.

– Melhor acreditar que ela esteja ao alcance de todos. Mas que nem todos tenham muito interesse em encontrá-la.

– Acho que o Plínio não está nem aí com a sua pedra azul.

Ao ouvir o nome "Plínio", Platão, que estava relaxadão ouvindo toda a conversa, esboçou novamente uma cara de nojo.

– Bom, Epaminondas, meu professor de pilates está me esperando. Gostei da nossa conversa e aprendi muito com ela. Obrigado.

– Eu que agradeço, Sócrates. Foi incrível e acho que essa conversa me mudou para sempre. Agora também tenho que ir. Alguma sugestão de direção?

– Vou deixar que Platão lhe aponte a melhor direção. Adeus – disse Sócrates, tomando o caminho para sua aula de pilates.

Platão, a pantera

– Epaminondas, a melhor direção é aquela que margeia a caverna – disse Platão.

– Qual caverna?

– A caverna da vida.

– Já dá pra ver que você é mesmo aluno do Sócrates; vai começar tudo de novo! Bom, estou adorando!

– Sim. Devo a ele tudo de importante que já passou pela minha cabeça.

– Puxa. Que sorte a sua de tê-lo encontrado!

– Na verdade, não tenho palavras para expressar meu louvor aos deuses por esse encontro. Não foi só a coisa mais maravilhosa que aconteceu em toda a minha vida. Foi também o que de mais belo e valioso poderia ter acontecido a qualquer um.

– Como você o conheceu?

– Ele estava trabalhando. Como fazia todos os dias. Sócrates é professor. Dá aulas particulares pela floresta.

– Professor de quê?

– Professor de pensamento. Ele ensina a pensar. A bem pensar. Ou, se preferir, a pensar melhor do que fazia antes.

– Isso eu percebi. Ainda não parei de pensar depois da nossa conversa. Quem são os seus alunos?

– Qualquer bicho que queira aprender a pensar.

– A pensar sobre o quê?

– Sobre qualquer coisa. Ele tem preferência pelas questões ligadas à vida dos bichos. Sócrates é o primeiro filósofo da floresta a ter esse tipo de preocupação.

– Sobre o que pensavam os filósofos antes dele?

– Sobre a natureza como um todo. Sobre o universo e a sua ordem. Eram obcecados por encontrar o que há de comum em toda a diversidade aparente das coisas e dos corpos no mundo.

– E o que há em comum?

– Cada um dizia uma coisa. A água, o ar, o indefinível, os números, e por aí vai. Não chegaram a um acordo.

– Vai ver que é por isso mesmo que Sócrates decidiu pensar sobre a vida dos bichos.

– Não é bem sobre a vida que ele pensa. É sobre a vida boa. Como ela deveria ser.

– Não entendi a diferença.

– Uma coisa é estudar como os bichos efetivamente vivem. Seu organismo natural. Suas emoções. Como costumam agir e reagir. Isso fazem os nossos cientistas. Outra coisa é refletir sobre o que deveriam fazer para pensar para melhor. Agir melhor. Interagir melhor. Em suma, para viver melhor. É o que faz Sócrates. Que é um filósofo.

– Como são as aulas de Sócrates?

– Ele sai todos os dias pela floresta e bate papo com os bichos. Faz perguntas, escuta as respostas com atenção.

– Só isso? Não é à toa que os filósofos têm fama de não gostar de pegar no pesado.

– Fama injusta. Isso é só o começo. Quase sempre aquele que acaba de falar se dá conta por si só de que não respondeu à pergunta que Sócrates propôs.

– E, nesse caso, o que acontece? Bom, acho que eu mesmo vivi essa experiência. Pena que ele foi para a aula de pilates e acabou não concluindo seu pensamento.

– Sócrates nunca conclui pensamentos. Apenas ajuda seus alunos a elaborá-los melhor.

– Como isso funciona na prática?

– Sócrates começa elogiando o aluno. Destacando suas competências. Enaltecendo seus conhecimentos. Muitos consideram esse procedimento irônico.

– Quer dizer que Sócrates, na verdade, não acha que o outro saiba tanto assim?

– Exatamente.

– À medida que a conversa se dirige para um tema ou outro, Sócrates faz uma pergunta conceitual. Dessas que o interlocutor teria de saber pelo que acabara de dizer.

– Como assim, teria de saber?

– Deixe-me ver... Vamos imaginar que alguém tenha dito a Sócrates que algum bicho que administra a floresta é corrupto. Ora, para afirmar que alguém é corrupto, é preciso saber o que significa corrupção. Entendeu agora?

– Mais claro, impossível. Mas e daí? O que costuma acontecer depois de uma pergunta desse tipo?

– Ora, o bicho que está conversando com Sócrates fica constrangido. Afinal, se não der uma resposta adequada, passará por leviano. Ao menos nesse caso da corrupção.

– Então, ele arrisca uma resposta?

– Sim, sempre. Alguma coisa todos tentam esboçar como resposta.

– E o pessoal em geral é afiado? Imagino que sim. Afinal, estamos na floresta dos filósofos.

– Você que pensa, querido gato Epaminondas. As respostas não resistem a uma brisa de crítica. Muitas vezes, até o bicho que está dialogando com Sócrates se dá conta do quão fraca foi sua resposta.

– Estou cada vez mais curioso. O que acontece depois?

– Ora, o aprendiz de pensador tenta uma segunda resposta. Procurando, claro, evitar o erro da resposta anterior.

– E agora? Acaba acertando?

– Em alguns casos, a segunda resposta é melhor que a primeira. Produzindo certo alívio. Mas, aí, Sócrates faz outra pergunta. Pela pergunta, fica claro que a segunda resposta também é ruim.

– Caramba. Que chato. E a bicharada fica sempre em volta, assistindo?

– Quase sempre. Fica chato para os bichos mais arrogantes. Que se tomam por sábios. Para os mais realistas, o embaraço é bem menor.

– E depois?

– Outras respostas são oferecidas, uma terceira, quarta, quinta... Até que o aluno acaba se cansando e pedindo ao mestre que proponha, de uma vez, a boa resposta.

– E Sócrates?

– Em muitas situações, admite sua ignorância. Diz que também não sabia.

– Ah, não brinca! Suponho que ele tenha tirado muitos bichos do sério agindo assim. Pantera Platão, posso lhe pedir um exemplo de uma conversa dessas? Por favor!

– Claro, Epaminondas. Assisti a tantas. Tem para escolher. Lembro-me de um papo que ele teve com um leão, chamado Laques, sobre a coragem.

– Nossa. Justo com um leão?

– Pois é. Laques queria saber se é possível ensinar alguém a ser corajoso.

– E Sócrates, o que respondeu?

– Oras bolas. Para saber se é possível ensinar a coragem, é preciso saber do que se trata essa coragem!

– Claro. E Laques sabia, já que é um leão!

– Pois é. O pior é que não. As respostas não foram nada convincentes.

– E aí, o que aconteceu?

– Laques, transtornado, perguntou a Sócrates o que era, então, a bendita coragem.

– E Sócrates?

– Disse que também não sabia.

– Hahahaha. Essa é boa. Posso imaginar a cara do leão, depois de tanto esforço para dizer o que era a coragem, indo embora chupando o dedo.

– Falando agora parece engraçado. Mas na hora foi bem tenso. Porque Sócrates, depois de provar que o leão não sabia do que estava falando, não colocou nada no lugar.

– E justo a coragem! Que para um leão é um tema tão sensível. Sócrates não correu perigo de ser devorado por Laques?

– Sim, com certeza. Quem disse que ser filósofo não é uma profissão de risco? Sócrates prefere morrer a enganar, a trair seu método, a abrir mão da verdade.

– Todos os bichos se aborrecem com ele?

– Muitos. Todos não posso afirmar. Não é fácil se dar conta de que uma afirmação que você sempre achou correta e que, por isso mesmo, você não parou de repetir, é uma grande bobagem.

– Mas ele também tem muitos admiradores, não?

– Claro. Muitos. Eu mesmo sou fã de carteirinha. Fã número 1, como dizem em florestas distantes daqui. Sócrates também é muito respeitado. Quando um bicho se sente humilhado, por conta da plateia, e começa a armar barraco, logo chega a turma do "deixa disso" e evita que a coisa desande para a pancadaria. Até porque a violência física, aqui na floresta dos filósofos, só é bem-vista como objeto de reflexão.

– Mas, e aí, conta mais. Como foi o primeiro encontro entre vocês?

– Sócrates, quando conversava, sempre atraía muitos bichos. Eu vi aquela bicharada em volta dele e fiquei ouvindo de longe. Você sabe, as panteras, mesmo ainda pequenas, causam medo em muitos bichos. Somos, por natureza, predadoras de quase todo mundo.

– Você ainda era filhote?

– Sim. Ainda não tinha completado um ano.

– Conta mais!

– Quando a conversa acabou, foi cada um para o seu canto. Sócrates também se dirigiu para sua toca, que ficava meio longe dali.

– Longe quanto?

– Umas duas horas, no andar de um lêmure pensador, claro. E lá ia ele. Com aqueles olhos enormes, aquele focinho estranho, aquele andar firme e aquele jeito de quem está em busca de algo importantíssimo dentro de si.

– Você se aproveitou do seu retorno solitário e se aproximou?

– Exatamente. Mas não ousei interrompê-lo. Ele parecia continuar refletindo de forma muito intensa sobre o que tinha acabado de conversar.

– Mas e aí, como foi que rolou o primeiro papo?

– Foi ele que me viu. Eu espreitava por detrás de uma árvore de tronco robusto. Mas ele viu o meu rabo e me chamou e disse: "Pantera, por que se esconde? Acaso pretende me atacar?"

– Não teve outro jeito. Tive que me apresentar. Dizer que o admirava muito. Que já tinha acompanhado de longe suas conversas e que tinha grande interesse em aprender. Ele sorriu e continuou a andar.

– Você foi atrás dele?

– Sim. Pensei: "Agora que já me apresentei, por que não ir adiante e perguntar alguma coisa? Mas o quê?". Nada muito inteligente me vinha à mente. Não esperava por aquele encontro. Deveria ter me preparado melhor. Mas não podia perder a oportunidade. Ele me tomaria por uma pantera imbecil, mas finalmente, venci o medo.

– E o que você disse? E o que ele respondeu?

– "Sócrates", eu disse. "Pois não", ele respondeu. "Posso fazer uma pergunta?" "Agora estou ocupado." "Ocupado em voltar para a sua toca?" "Não. Minhas patas, talvez. Mas eu estou no meio de um problema complicado. Peço que me deixe pensar."

– E o que aconteceu? O que você fez?

– Se fosse hoje, teria me desculpado e partido. Mas eu era um filhote. E filhotes são assim mesmo, sem muita noção do que é conveniente.

– Sim, essa é uma das boas coisas de ser filhote, nos arriscamos mais. Então você continuou perturbando o filósofo?

– Hahaha. Sim, insistência é outra característica dos bons filósofos. Eu me aproximei ainda mais e disse: "Uma pergunta só. Por favor". Ele nem olhou na minha cara e respondeu: "Não quero ser indelicado. Minha mente está completamente preenchida pelo problema que tenho de resolver. Não posso pensar em nenhuma outra coisa".

– Se fosse eu, já teria desistido. Imagino que você não desistiu.

– Não. Eu contra-ataquei: "Mas não custaria nada abrir um parêntese nesse seu problema, deixá-lo descansando, e responder à minha pergunta". E ele respondeu na lata: "Custaria muito. Para retomar de onde tivesse parado, teria que apagar tudo que tivesse oferecido a você como resposta. E isso não é possível. Na vida do espírito, não há volta. Não se retoma o passado de quando e onde o tínhamos deixado. Sua pergunta mudará tudo".

– Platão, se eu ouvisse essa resposta, sairia correndo para o colo da minha mãe.

– Eu não fiz isso, e ainda disse: "Nossa. Não sabia que uma simples pergunta atrapalharia tanto. Tenho muitas perguntas. Gostaria de começar da primeira. Do início". Nesse momento, senti que ele finalmente considerou a minha insistência. Diria que levou a sério minha presença. E disse: "Está bem. Responderei a todas as suas perguntas. Mas, antes, você me dirá onde está o início a que você se refere".

– "Água mole em pedra dura tanto bate até que fura", diria meu pai.

– Sim, foi isso mesmo. Pura persistência.

– Mas me parece que ele armou uma pequena cilada com essa história do início, não?

– Pequena cilada? Ele me imobilizou antes mesmo de eu alisar meus pequenos bigodes.

– A que início você se referiu?

– Fui rapidamente retomando tudo que queria saber. Mas sempre surgia alguma coisa que vinha antes. Antes das coisas dos bichos, o primeiro bicho, o primeiro ser vivo, a Terra, as estrelas, o universo, antes, antes, o primeiro deus, antes ainda, se o universo é eterno, onde está o começo, caramba, qual será a primeira pergunta? Eu disse que queria saber tudo desde o começo e agora não sabia onde ele estava. Tive que admitir, estava confuso. Ele, então, encerrou o diálogo com: "Bem. Quando descobrir o começo, me procure. Responderei tudo desde então. Como prometi. Agora, deixe-me pensar".

– Eu adorei esse encontro de vocês. E me identifico com você, Platão. Eu também estou um pouco confuso. Um redemoinho de pensamentos parece ter invadido meu cérebro. Ao mesmo tempo, sinto que uma enorme janela se abriu em minha mente. Quero viver para sempre na floresta dos filósofos!

– Por quê? O que vê aqui de tão bom?

– Você ainda pergunta? Aqui todos querem aprender. Amam a sabedoria. E querem se tornar sábios.

– Não é bem assim. A assembleia de bichos muitas vezes decide de forma estúpida sobre a vida dos outros, toma muitas decisões injustas.

– Assim como no palácio do meu pai.

– Sim, sim, lembro que você nos contou rapidamente sua história, do palácio do reino dos gatos, de você ser filho do rei que o preparava para governar, que ele manteve você longe da realidade e que todas as suas crenças foram abaladas ao se deparar com o mendigo asceta. E a fuga foi consequência disso tudo.

– Que memória, Platão!

– A memória é como o ventre da alma, quem me disse isso foi o Agostinho, talvez você o encontre um dia pela floresta. Mas agora quero convidá-lo para a minha casa caverna.

– É a caverna da vida? Aquela do início da nossa conversa?

– Que memória, Epaminondas! Hahaha!

– É que me exercito muito com Sudoku e palavras-cruzadas. Hahaha.

– É a minha caverna. Ali estou em paz. Assim, compartilharemos alimento e água.

– Puxa. Muito obrigado. Estou morto de fome. Desde que fugi do palácio, não comi nada.

Depois de uma boa caminhada, Platão e Epaminondas entraram na caverna por uma fenda estreita na pedra. A pantera se esgueirava com muito jeito para entrar em casa. O gato, miúdo, também entrou com facilidade.

– Por que uma passagem tão estreita, Platão?

– Porque preciso pensar e dormir em paz. E tenho muitos inimigos. Minhas opiniões não são seguidas pela maioria. Pelo contrário.

– Notei no caminho que havia muitos grupos de bichos conversando.

– Verdade. Depois todos se reúnem perto do rochedo da Mata Fria.

– E o que acontece lá?

– Discutem e decidem as coisas da floresta.

– É a tal assembleia?

Sim.

– Você costuma ir?

– Nunca.

– Por quê?

– Porque a decisão da maioria não é necessariamente boa. A maioria costuma estar errada. É facilmente levada no bico por bichos matreiros e ardilosos que formulam discursos que agradam, emocionam, mas enganam.

– Bom, lá no palácio quem manda é papai, o resto obedece. Mas como deveriam ser tomadas as decisões na floresta?

– Pelos mais capacitados a pensar.

– E os outros todos?

– Deveriam aceitar o que aqueles decidiram.

– Por que aceitariam isso?

– Porque seria melhor para eles. Fazem as burradas e depois pagam eles mesmos a conta. Além dos outros, que viram antes a estupidez que estava sendo votada.

– Hoje, quem deveria decidir as coisas da floresta?

– Eu, claro. E os meus discípulos.

– Concretamente, o que os torna mais capacitados para governar?

– Antes de tudo, porque somos bons governantes de nós mesmos.

– Como assim?

– Nossa alma pensa. Mas também é impetuosa. E nos abastece de desejos e apetites. Agora, por exemplo, estamos a pensar juntos. Nossas almas pensantes estão interagindo. É essa parte da nossa alma que pode nos levar à verdade. Portanto, as outras duas partes devem a ela se submeter. Os ímpetos e os apetites só devem ser levados em conta quando nossa razão permitir.

– O que tem isso a ver com decidir sobre os problemas da floresta?

– Quem não consegue governar a si mesmo não pode pretender governar o mundo fora de si. Não lhe parece?

– Você quer dizer que um bicho que só pensa na própria sobrevivência, na própria comida, no próprio bem-estar não é um bom governante de si mesmo e não seria também um bom governante para a floresta?

– Exatamente. E não é fácil descobrir bons governantes de si mesmos. Os bichos costumam dissimular. Como você, Epaminondas, parece um gato de bem, vou contar-lhe um segredo. Tenho cá em minha caverna um pequeno elixir de Giges. Presente de um escriba egípcio. É um líquido muito precioso.

– O que esse elixir de Giges tem de tão especial?

– Aquele que ingerir três gotas, apenas três gotas, desse líquido torna-se invisível pelo tempo que quiser.

– Caramba! Mas não entendi; o que isso tem a ver com ser um bom governante de si mesmo?

– Pense bem, Epaminondas. Se um indivíduo age de modo virtuoso na frente de todos e de forma traiçoeira quando invisível, fica claro que a sua virtude é resultado de um olhar externo, de um controle alheio a sua razão. É um virtuoso por medo ou por interesse.

– Já entendi. Aquele que age do mesmo modo quando é observado e quando está protegido do olhar fiscalizador do outro, por estar invisível, esse é virtuoso pelo bom motivo. Porque age de acordo com sua própria razão.

– Muito bem.

– Você não usa esse líquido para bisbilhotar por aí? Checar o que os outros estão fazendo sem que eles saibam?

– Não.

– Por quê?

– Porque tenho medo de mim mesmo, Epaminondas.

– Então você talvez não fosse um bom soberano e nem seus discípulos?

Platão se aproximou do rosto de Epaminondas, os bigodes de ambos quase se tocaram.

– Que excelente e perturbadora pergunta, Epaminondas. Acho melhor comermos e eu prometo que vou refletir bastante sobre sua indagação.

Os dois comeram, beberam e descansaram. Ao acordarem, Platão apontou a direção que o gato deveria seguir. Naquela direção ele encontraria outros filósofos e pensamentos.

– Obrigado pela acolhida, Platão. Jamais vou esquecê-los. Mande um forte abraço para o Sócrates e peça que ele tome cuidado para não irritar muito a assembleia dos bichos.

– Foi um prazer, gato filósofo. Darei seu recado ao mestre e pensarei muito sobre nossa conversa. Adeus e boa caminhada.

Aristóteles,
o castor

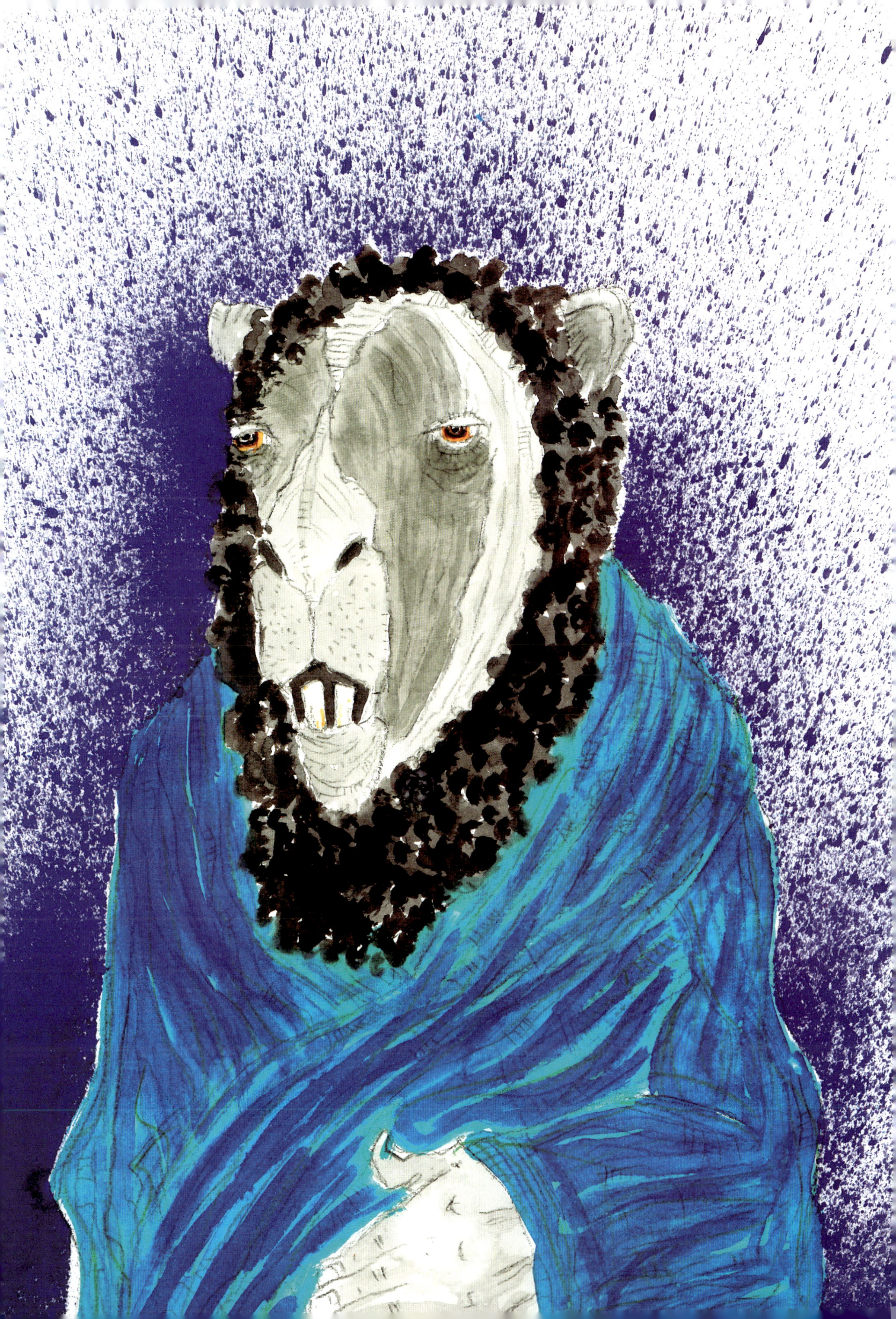

Com as forças revigoradas, Epaminondas retomou sua caminhada. Ao chegar perto de um rio, viu um castor trabalhando em sua represa artificial. O bicho tinha anotações feitas na casca de uma árvore. Parecia inquieto. Mas, ao ver o gato, parou o que estava fazendo, olhou e disse:

– Quem é você? Quer me ajudar?

Epaminondas não era muito fã de locais aguados. Como todo bom gato, limpava-se com a própria língua. Mas a floresta dos filósofos lhe despertara uma coragem para novas experiências. Então, ele entrou no rio para ajudar o castor a fazer sua represa e disse:

– Sou Epaminondas. E você, qual é o seu nome?

– Meu nome é Aristóteles. Mas vamos continuar a conversa enquanto colocamos as patas na massa.

E, conforme trabalhavam, a conversa corria solta.

– Epaminondas, de onde você veio? – perguntou Aristóteles, enquanto amassava uma argamassa de barro com o rabo.

– Eu fugi do palácio do rei, meu pai, para viver minha vida. Apostei que seria mais feliz fora dali. Você acha que fiz o certo?

– Meu amigo gato. Tudo o que fazemos busca algo de bom. Ao fugir, você fez o que achava melhor para você.

– Fugir foi só um meio que encontrei para viver uma vida melhor do que aquela que viveria no palácio. Lá eles me enganavam. E me impediam de conhecer o mundo como ele verdadeiramente é.

– Eu entendi. Na verdade, você não fugiu por fugir. Fugiu pelo que a fuga poderia lhe proporcionar. Você fez uma coisa que é meio para outra. Como beber água para matar a sede. Ou ler para adormecer. Às vezes, o bom da coisa está ainda mais longe.

– Como assim?

– Você faz A para conseguir B. Graças a B consegue C. Que lhe permite, enfim, obter D. E era esse D que você queria desde o começo.

– Entendi.

– Nós aqui, na floresta dos filósofos, vivemos perto do melhor que um vivente pode esperar da vida. Em contrapartida, outros bichos, que moram fora daqui, vivem subindo degraus numa escada que parece não ter fim.

– Você poderia dar um exemplo?

– Os filhotes de alguns bichos aprendem as coisas do mundo em lugares chamados escolas. São avaliados em provas. E precisam de aprovação nessas provas para, na sequência, serem autorizados a estudar coisas novas.

– Mas, castor, estudar e aprender coisas novas é o que esses filhotes querem para a vida deles?

– Alguns poucos, talvez. Mas a maioria não. O estudo, para esses últimos, é só uma etapa. O estudo lhes permite realizar atividades que eles oferecem aos outros. Como curá-los de doenças, ensiná-los na escola, construir suas casas, informar sobre o que está acontecendo no mundo longe dos seus olhos.

– Então, já entendi. Servir aos outros é o que eles querem para a vida deles?

– Alguns poucos, talvez. Mas a maioria, não. Servem aos outros em troca de algum serviço.

– Como assim? Deixe-me pensar. Um bicho cura o outro e, como pagamento, esse outro lhe constrói a casa?

– Mais ou menos isso. Como nem sempre o que um faz interessa ao outro, pode lhe dar um papel que permite solicitar de um terceiro o seu serviço.

– Não sei se entendi.

– Um curandeiro cura um construtor. Mas não precisa de casa, porque já tem a sua. Então o construtor lhe dá um papel. Este indica que o curandeiro o curou, mas não levou a casa. Então esse curandeiro – que por enquanto deu sem receber nada – pode entregar o mesmo papel ao bicho que colhe os alimentos. Lembre-se de que eles não vivem na floresta. Por isso, colher o alimento para os outros é muito importante. E, assim, o papel vai passando de mão em mão. E você não precisa receber o que não quer.

– Que astuciosos esses bichos da cidade! Paramos nos alimentos. Receber os alimentos em troca de um papel é o que eles querem para a vida deles?

– Alguns poucos, talvez. Mas a maioria não. Comem para ter energia. Para conseguir ir atrás de mais desses papéis.

– Curar é o que o curandeiro quer para a vida dele? Construir é o que o construtor quer para a vida dele?

– Alguns talvez sim. Mas a maioria não.

– Mas, então, por que fazem?

– Para obter o papel.

– E o que recebem em troca do papel é o que querem para a vida deles?

– Ainda não.

– Mas, castor... Estou ficando cansado. O que eles querem afinal?

– Querido Epaminondas. Tudo o que dissemos até agora só tem valor porque permite obter outra e outra coisa. É o que chamam de útil. Uma coisa é útil quando permite, a quem a possui, alcançar outra coisa que não ela mesma.

– Olha eu pedindo mais exemplos. Perdão pela dificuldade de alcançar o significado das suas abstrações.

– Você é um gato especial, Epaminondas. Aprender exige humildade. E você é humilde. Por isso aprenderá muito. E, em breve, tirará tudo isso de letra.

– Obrigado. Mas você não deu o exemplo que pedi.

– Dizia que a utilidade se realiza fora daquilo que é útil. Veja, Epaminondas. Um colírio. Você sabe o que é?

– Sei, sim. Um tipo de remédio para os olhos.

– Muito bem. É isso mesmo. Você acha que um colírio é útil?

– Acho que sim. Alguns limpam os olhos. Outros também curam.

– Viu!? Por ser útil, o colírio permite limpar ou curar os olhos. Esses, em relação ao colírio, são exteriores.

– Por isso você disse que a utilidade se realiza fora da coisa útil.

– Exatamente.

– Mas e daí?

– Ora, Epaminondas. Enquanto não alcançarmos algo que seja bom em si mesmo, por si mesmo, e que não precise de nada mais para ter valor, não vamos parar de procurar, de buscar, de subir escadas.

– E, enquanto estivermos obtendo coisas apenas úteis, a vida boa ou a felicidade estará sempre em outro lugar, precisando de mais coisas, e, portanto, fora dali.

– Maravilhoso! Você, Epaminondas, tem um grande potencial para filosofar. Acho que esta floresta é o seu lugar.

– Nossa. Agora ganhei o dia, a semana, o mês, ganhei o maior dos presentes.

– Viu? Você é como todo mundo. O que quer é alcançar um tesouro precioso que tem valor em si mesmo. Que não precisa de mais nada. Que faz da vida do homem uma vida boa de verdade.

– Mas, castor, diga de uma vez. O que tem nesse tesouro?

– Felicidade, gato Epaminondas. Felicidade. Só ela vale por si mesma.

– A felicidade não leva a nada? Não permite alcançar nada que lhe seja superior?

– Não. Pelo contrário. Tudo leva a ela. A felicidade põe um ponto-final na sequência das coisas úteis. Por isso, ela é completamente inútil. Ela já é tudo de bom. Ela é o bem. O maior bem. Por isso, ser feliz é tudo que se quer.

– Quer dizer que, quando fugi do palácio, decidi por um meio para alcançar a felicidade?

– Exatamente.

– E o curandeiro cura para ser feliz?

– Exatamente. E o construtor, o ensinador e o coletor de alimentos também. Ou para conseguir um papel que possa trocar por outra coisa que lhes faça feliz.

– E o que é preciso para alcançá-la? Podemos fazer coisas procurando esse bem, mas darmos com os burros n'água, não? Quero dizer, podemos fracassar.

– Claro. Aliás, é o que acontece com a maioria.

– Então, eu não quero fracassar.

– Bem. Para alcançar a felicidade, é preciso viver com virtude. Agir com virtude.

– Então essa tal de virtude é a chave da felicidade?

– Exatamente. Escrevi um livro sobre isso. Gostei tanto que dediquei a um dos meus filhotes. O Niquinho.

– Mas, então, nobre e trabalhador castor, o que estamos esperando? Em que consiste a virtude? O que significa agir com virtude?

– É fazer bem o que se faz. É o bem-fazer. É dar o melhor de si na hora de fazer. O meu amigo Kant, um metódico joão-de-barro, que não concorda muito comigo, constrói sua casa...

– João-de-barro! Aristóteles, eu sempre sonhei em conhecer um joão-de-barro! O tal do Kant vive na floresta dos filósofos?

– Sim, talvez você o encontre na sua caminhada pela floresta. Ele é bastante conhecido por aqui. Muitos bichos acertam os seus relógios de sol ao ver o Kant passar por eles. Isso porque ele sempre passa no mesmo lugar e na mesma hora.

– Bom, espero encontrá-lo. Mas você disse que ele é metódico e constrói sua casa.

– Sim, e faz bem. Do melhor jeito. Com zelo máximo. De tanto fazer bem casa a casa, tornou-se bom no que faz. Eu costumo dizer excelente. Aquele que, habitualmente, faz o melhor. Leva suas potencialidades ao máximo da sua perfeição. O sapo Montaigne, que nunca se destacou pela beleza e sempre soube disso, é um exímio engolidor de moscas.

– Que loucura! Quer dizer que, para alcançar o bem maior, é preciso fazer bem o que se faz?

– Exatamente isso. E sempre.

– Por que você diz sempre que a virtude é habitual?

– Porque o virtuoso é excelente de segunda a domingo. A virtude não é só de vez em quando. Também não é um golpe de sorte, uma vez na vida e outra na morte.

– Nobre castor, pode falar mais sobre virtude? Se não for incomodar, claro. Exemplos também ajudam.

– Acho que podemos dividir as virtudes entre aquelas que têm a ver diretamente com o uso da inteligência e outras que se manifestam sem que precisemos pensar muito a respeito.

– Fale dessas últimas.

– São virtudes éticas. Lembre-se, Epaminondas. Dissemos que virtude é o caminho para a felicidade. Então, eu lhe pergunto, é feliz quem come tanto, mas tanto, que acaba passando mal?

– Claro que não. Mesmo sendo a sardinha do mar Egeu!

– É feliz quem não come nada e passa muita fome?

– Claro que também não.

– Então, na hora de comer, o que é preciso para ser feliz?

– Comer o suficiente. Com moderação.

– Muito bem. Essa é uma virtude. Chama-se temperança.

– Acho que entendi. Fica no meio entre se empapuçar e passar fome.

– Exatamente. Você é um gato com potencial. Se houver dedicação diária, poderá se tornar um grande pensador.

– Obrigado, castor. Vindo de você, sinto-me nas nuvens.

– Outra pergunta: é feliz quem vê uma injustiça, como vários adultos batendo num filhote, e se esconde de medo de apanhar também?

– Certamente que não. Isso é ser covarde.

– É feliz quem enfrenta sozinho dez hienas famintas?

– Não. Se for, não será por muito tempo.

– Então, o que é preciso para ser feliz?

– Não ser covarde, nem ser sem noção.

– Muito bem, Epaminondas. A isso chamamos coragem. É uma virtude. O corajoso tem mais chance de ser feliz do que o covarde e do que o sem noção.

– Então, devo sempre procurar o justo meio entre dois extremos?

– Exatamente.

– Nossa, castor! Por mim, ficaria em sua companhia por muito tempo.

– Estou sempre na área. Quer dizer, na floresta. A gente se cruza por aí. Também gostei muito de conhecê-lo, gato Epaminondas. E obrigado pela ajuda com a represa.

Epaminondas saiu de dentro da água como se ela tivesse limpado e renovado muitos dos seus pensamentos, agradeceu a Aristóteles e continuou seu caminho.

Giovanni Pico della Mirandola,
o pica-pau

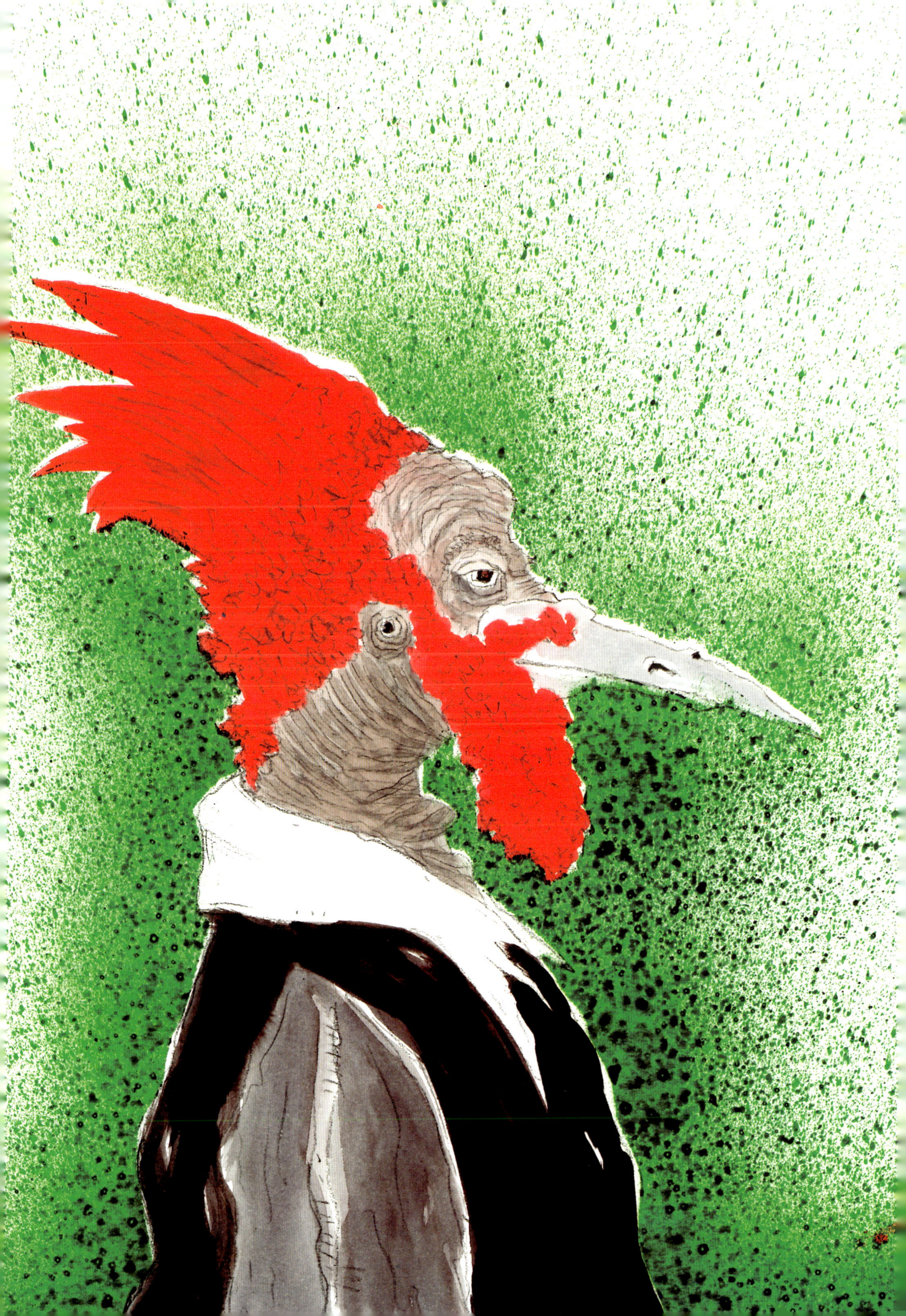

Epaminondas andava distraído com os seus pensamentos. A floresta dos filósofos parecia ter mudado para sempre seu modo de olhar o mundo, a vida e a si mesmo. E, enquanto refletia, uma serragem caiu em cima de seu nariz. Ele olhou para cima e viu um pássaro de topete vermelho martelando o tronco com o seu bico.

– Cuidado, passarinho! Desse jeito, acaba machucando o bico.

– Quem é você?

– Sou o gato Badaró. Epaminondas Badaró, o Quarto. E você?

– Não está vendo? Sou um pica-pau.

– Pica-pau? Você é pica-pau, assim como eu sou gato?

– Nunca viu pica-pau antes, estranho gato?

– Nunca. Passei a vida aprisionado num palácio onde só havia gatos, e as outras espécies só conheci pelos livros.

– Aprisionado? O que você andou aprontando?

– Nada. Sou filho do rei. O grande Epaminondas Badaró III. E ele me criou fora do mundo e longe das suas coisas.

– Mas por quê?

– Acho que meu pai queria me proporcionar a vida que ele julgava perfeita. Por isso, não permitia que eu vivesse experiências que pudessem me entristecer.

– Que tipo de experiências?

– Ver injustiças em geral, gatos pobres, passando dificuldades, doentes, sem ter onde viver etc.

– Você não podia sair do palácio?

– Nunca.

– Puxa. Deve estar bem feliz de conhecer tanta coisa nova!

– Muito. Compensa de longe todo o conforto que perdi.

– Ainda bem que o rei, seu pai, caiu em si e acabou aliviando pro seu lado.

– Não foi bem assim. Meu pai não costuma mudar de ideia.

– Mas, então, o que aconteceu? Como pode estar perambulando aqui pela floresta dos filósofos?

– Eu fugi.

– Caramba. Você é um príncipe fugitivo?

– Exatamente.

– Pois, então, muito prazer, alteza. Eu sou o único pica-pau das redondezas.

– Como você se chama?

– Meu nome é Giovanni Pico della Mirandola.

– Giovanni Pico do quê?

– Mirandola. E Mirandola é o nome do castelo onde nasci.

– Puxa. Você também é de origem nobre?

– Fazer o quê!?

– Seu nome é o nome do castelo onde nasceu?

– Não só. Aqui me chamam de pica-pau della Mirandola.

– Nossa. É bem complicado o seu nome.

– Eu acho que um gato chamado Epaminondas Badaró, o Quarto, não está em condições de avaliar o nome dos outros.

– Verdade. Por isso, em casos como o nosso, um apelido facilita.

– Os mais íntimos me tratam de Miranda. É mais fácil. Fique à vontade para me chamar assim.

– Obrigado. No palácio me chamavam de Epa. Também é mais fácil.

– Pronto. Miranda e Epa.

– Estava observando o senhor, seu Miranda. Ataca energicamente o tronco da árvore com o bico, como se não houvesse amanhã.

– Claro. Sou um pica-pau. Tenho uma natureza que me leva a picar os paus que encontro.

– Tudo bem. Mas você poderia perfeitamente se dedicar a outra coisa menos, digamos, impactante, não?

– Claro que não.

– Por quê?

– Ora, querido Epa, essa natureza de pica-pau se impõe ao longo da minha vida. O tempo todo. Não tenho como me livrar dela.

– Então, você não é livre para viver a vida que quiser?

– Claro que não.

– Nenhum pica-pau é livre? São todos escravos da sua natureza?

– Todos. Um pica-pau rebelde que não picasse pau seria uma aberração. Viveria uma vida que não é a sua. Não exploraria seus recursos naturais. Em suma, não realizaria, ao viver, a sua natureza.

– É muito importante, ao viver, realizar a própria natureza, senhor Miranda?

– Muito importante.

– Por quê?

– Porque não podemos jogar fora o nosso bem mais precioso. Ele precisa ser usado.

– Esse bem mais precioso é a nossa natureza, essa que é só nossa?

– Exatamente.

– Os gatos também têm esse bem tão precioso? Essa natureza que é só deles?

– Claro que sim. E como têm.

– O senhor sabe qual é?

– A reflexão tranquila. A meditação.

– Verdade?

– Nossa. Você nunca reparou?

– Nunca convivi com quem não é gato. Então não consigo comparar. Para mim vida de gato é tudo que conheço. Por isso não sei o que é só dele.

– Pois eu lhe digo. A meditação é coisa de gato. Ninguém mais na floresta fica assim como vocês, olhando para o nada e pensando, pensando, sem se deixar perturbar.

– Pode ser. Gostei. Mas nós, gatos, somos livres. Só meditamos quando estamos a fim. E os gatos que não gostarem de meditar podem fazer outra coisa. Podem passar a vida inteira sem meditar.

– Você que pensa, querido Epa. Você que pensa. Todos os bichos desavisados, por não conhecerem bem a sua natureza, se consideram livres. É uma ilusão bem comum.

– Quer dizer que todos os bichos vivem de acordo com sua natureza?

– Todos. Com exceção de um. São os primos do gorila. Só que com menos pelos. Nós os chamamos de gorilas também. Mas eles se acham superespeciais. Andam com o nariz em pé, empertigados e usam tecidos sobre o corpo.

– Eles têm uma natureza muito diferente dos outros bichos? Se gatos meditam, o senhor Miranda bate o bico na madeira, eles fazem o quê?

– Você nunca viu um desses primos dos gorilas?

– Nunca.

– Então. Eles não têm uma natureza assim como nós.

– Não?

– Não.

– E como fazem para viver?

– Vivem sem pagar pedágio para a natureza.

– Não entendi.

– Epa, preste atenção. Eu sou um pica-pau. Tenho que picar pau. Como se fosse um pedágio estipulado pela natureza para continuar vivendo.

– Entendi agora. Pela mesma razão eu tenho que meditar? Sendo gato, tenho que pagar esse pedágio à minha natureza para continuar vivendo minha vida de gato.

– Exatamente.

– E os primos dos gorilas?

– Como eu disse, eles não têm natureza. Logo, estão liberados de pagar pedágios.

– Então, esses primos dos gorilas são os únicos bichos livres para viver como quiserem?

– Exatamente.

– Como funciona essa liberdade na prática? Eles também podem picar paus? Ou meditar?

– Claro que podem.

– Mas eles não têm recursos de natureza para isso?

– De fato, não têm. Mas dão o jeito deles. Para picar o pau criaram martelos e pregos. Para meditar construíram templos, ou usam máquinas com músicas suaves e falas mansas.

– Então eles, se quiserem, também podem viver como qualquer um de nós?

– Isso mesmo. Podem viver um dia de pica-pau, outro dia de gato, outro dia de peixe, dia de borboleta, e por aí vai.

– Dia de borboleta?

– Sim. Inventaram asas postiças. Motores. E saem pelos ares. Borboleteando.

– Ouvi dizer que há uma hierarquia entre os seres. Esses primos dos gorilas, que posição ocupam?

– Nenhuma. Estão fora de qualquer escala. Se embaixo estão os minerais, depois as plantas, e depois nós, os bichos, esses primos dos gorilas ficam de fora. E nisso reside a sua dignidade.

– E põe dignidade nisso.

– Adorei conversar com você, Epa. Volte quando quiser. Mas, sabe como é: como não sou primo de gorila, minha natureza já está gritando. Preciso voltar a martelar com o meu bico as árvores da floresta dos filósofos.

– Vai lá, Miranda, que eu vou dar uma meditada por aqui mesmo.

– Fique à vontade, querido amigo gato.

Hobbes,
a girafa

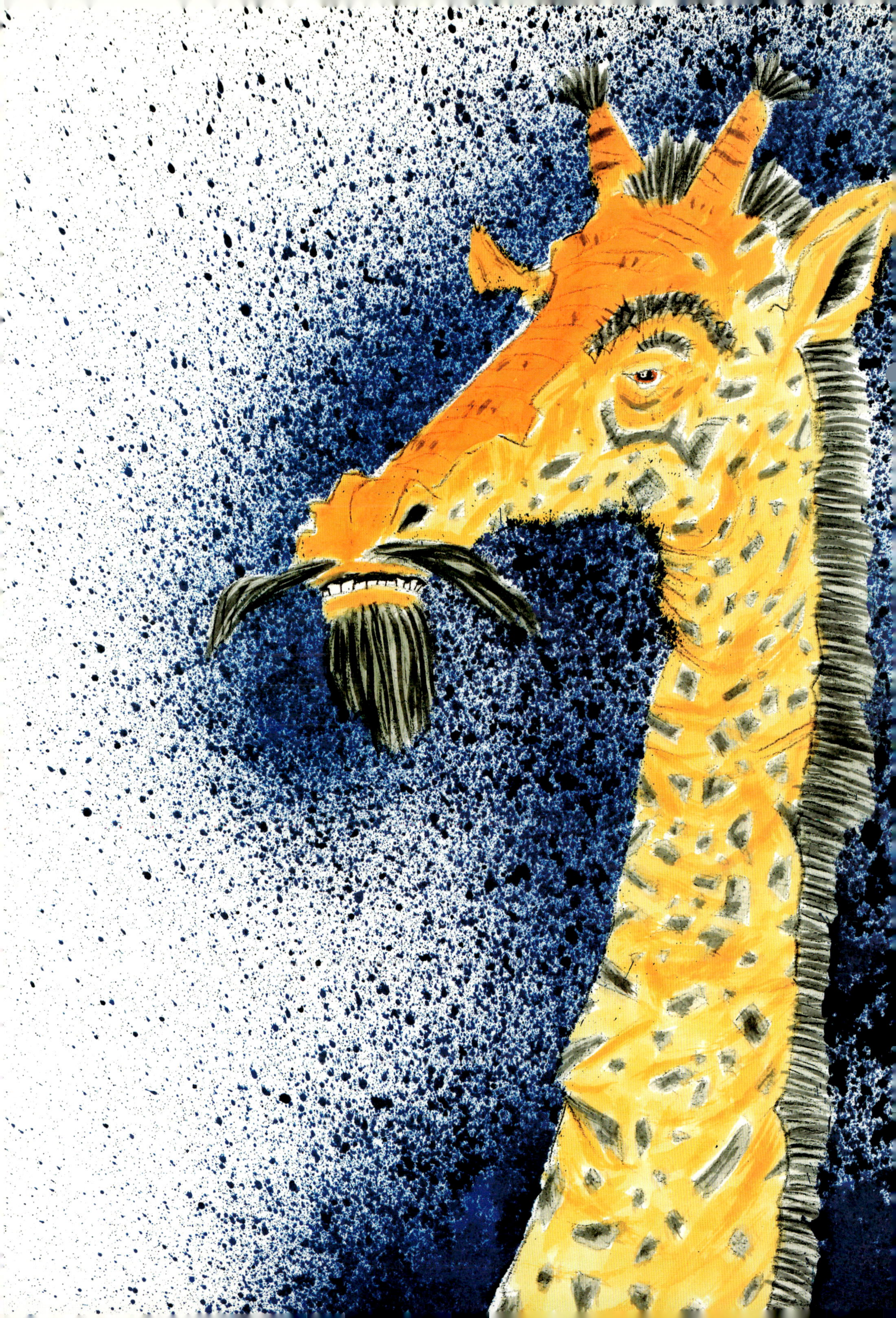

Epaminondas ficou sonhando acordado com os gorilas sem pelos que o Miranda tinha citado, despertou e começou a andar à procura de comida quando, distraído de tudo, deu uma trombada no que parecia ser um tronco fino de árvore.

– Ai! Ai!

O gato levou um susto e se perguntou desde quando um tronco de árvore diz: "Ai, Ai". Mas, ao olhar para cima, viu que aquilo era a perna de uma enorme girafa!

– Desculpe-me pela trombada – disse Epaminondas.

O pescoço da girafa fez um movimento arqueado e desceu bem próximo do rosto de Epaminondas.

– Você me assustou. Tenho verdadeiro pânico de agressões aí por baixo.

– Mas foi um esbarrão de nada. Peço desculpas novamente.

– Sem problema. Eu que sou um pouco apavorado.

– Não teria como lhe causar dano. Nem que quisesse.

– Isso nunca se sabe. Eu nunca o vi por estas bandas, quem é você?

Epaminondas se apresentou e disse sobre a sua busca pelo conhecimento do mundo e de si mesmo. Isso despertou a curiosidade da girafa. Mal sabia ela que Epaminondas era mais curioso ainda.

– Qual o seu nome?

– Eu me chamo Thomas Hobbes, mas pode abreviar para Tomi.

– Tomi, tenho que lhe confessar. Nunca tinha visto uma girafa antes. Só ilustrações, nos livros do meu professor Humboldt. Pelo seu tamanho, me parece que você tem muita idade.

– Eu nasci faz muito tempo. Girafas vivem muito. E já não sou tão jovem.

– Você nasceu aqui mesmo, na floresta dos filósofos?

– Sim. Sou nascido e criado aqui. Filoflorestano da gema.

– A floresta mudou muito, desde então?

– Eu nasci em tempos de muita confusão. Você deve ter ouvido falar na última grande zooguerra mundial.

– Claro, lá no palácio eu tive um professor de história muito bom. Chamava-se Heródoto. Ele me contou tudo sobre essa guerra. Adorava ouvir suas histórias.

– Então. Havia muita ameaça. E muita violência também. Felizmente, o nosso povo e a nossa floresta não sofreram tanto.

– Você se lembra da sua infância?

– Claro que lembro. Nós, girafas, diferentemente de vocês, gatos, temos ótima memória.

– Do que você mais se lembra? O que foi que mais o marcou?

– O medo. Muito medo. Tínhamos medo o tempo todo. Minha mãe me teve antes da hora, de tanto medo. Por isso, costumo dizer que sou filho dos dois, da minha mãe e do medo.

– Mas o que, exatamente, vocês temiam?

– As notícias que chegavam eram terríveis. E a briga era feia muito perto daqui. Sem falar da ameaça de invasão dos inimigos mais poderosos da época. Bichos que chegariam pelo mar, mas que também vivem na terra.

– Esse medo tão grande – de morrer violentamente, atacado por outros bichos – influenciou as coisas que você pensa?

– Claro. Você não sabe o quanto. Até hoje. Não paro de pensar num jeito de os bichos viverem em paz.

– Entendo melhor agora porque você se assustou tanto quando esbarrei em você.

– Pois é. Detesto esse tipo de sobressalto.

– Mas os bichos se agridem tanto assim?

– O problema não é só a violência. É o medo de que ela aconteça. Passamos a vida de olho aberto. Sobressaltados. A tensão é permanente. Não dá para baixar a guarda, nunca.

– Você não está exagerando?

– Você mesmo pode responder. Tranca a porta quando sai de casa? E para dormir? Quando ouve um ruído de um bicho feroz volta a dormir sem receio? Você deixa a sua comida de bobeira ao alcance de qualquer outro bicho?

– Eu, na verdade, como lhe contei, sou um príncipe, e sempre tive pessoas que garantiram a minha segurança. Mas tenho certeza de que todos os outros bichos sentem muito medo de ruídos estranhos, de que pessoas invadam suas casas e roubem a sua comida.

– Viu? Você mesmo já sabe. Sempre soube que o buraco é mais embaixo. É por isso que encontrar uma forma de organizar as relações entre os bichos é tarefa menos simples do que parece.

Ao terminar de falar isso, Tomi deu uma esticada no pescoço. Não parecia nada confortável aquela posição encurvada. E torcicolos em girafas são sempre de grandes proporções. Mas o gato não deu trégua. Estava muito curioso. Queria saber logo como Tomi lidava com esse medo na sua filosofia.

– Senhor Tomi, não acha que, se cada um tiver um pouco de juízo, os bichos acabam se entendendo?

Tomi voltou a arquear o pescoço para continuar o diálogo.

– Como assim, Epaminondas?

– Depois que conversei com Sócrates e Platão, acredito muito no diálogo. Todo mundo se reúne e diz o que acha justo. Aos poucos, vai aparecendo uma solução razoável para todos.

– Então, quer dizer que você já conversou com aquele lêmure sabido e seu aluno pantera que vive na caverna? Eu gosto muito dos dois, mas não concordo totalmente com o que pensam.

– Por quê?

– Para não ser longo, levo muito em conta o que sentimos para pensar a vida e a convivência. A pantera Platão criou mentalmente a sua República. É uma bela construção da inteligência. Mas não considera a natureza dos bichos que viveriam nessa cidade ideal.

– Entendi. Mas ainda assim continuo acreditando no diálogo como forma de entendimento. Digo entendimento no sentido de entrar num acordo. De concórdia.

– Mas, gato Epaminondas, pelo diálogo todos os bichos alcançariam o que desejam?

– Talvez não completamente. Mas, para preservar a convivência, todos acabariam aceitando a parte que lhes cabe.

– E quando não der para dividir?

– Nesse caso, cada um espera a sua vez. Espontaneamente, uns, talvez menos interessados por aquilo, permitem o livre acesso de outros àquele bem. Depois troca. Quem abriu mão antes agora leva e quem levou antes agora abre mão. Desse jeito, haverá a paz que você tanto busca.

– Querido Epaminondas, fico enternecido com sua ingenuidade.

– Por que ingenuidade? Falei muita bobagem?

– Não é isso. A sua solução seria perfeita se os bichos não fossem bichos. Se não fossem como são.

– E como são? Ou melhor, como somos?

– Somos criaturas movidas pelo próprio desejo. E como não tem mundo para os desejos de todos, tornamo-nos predadores. A única coisa que realmente conta é a própria satisfação. E o prazer que ela proporciona.

– Mas, nesse caso, só existiria a lei do mais forte.

– Ora, Epaminondas. Mas é isso mesmo. Os bichos são egoístas, violentos, cruéis e calculistas. O tempo inteiro com a balança na mão. Pesando os prós e os contras. E procurando levar vantagem. E como diz o morcego Trasímaco, só é justo aquilo que atende aos interesses do mais forte.

– Mas, girafa, se fosse assim, a vida na floresta seria uma guerra de todos contra todos.

– Mas é.

– E os bichos filósofos não percebem que não está legal desse jeito?

– Claro que percebem. Sabem que não é vantajoso para ninguém. Sempre tem um mais forte em face de outro mais forte. Sem falar das alianças, das emboscadas, do repouso. Piscou o olho e já era.

– E o que fizeram para solucionar o problema?

– Pediram para que eu fizesse um projeto de organização da vida em comum dos bichos.

– Por que justo para você?

– Porque aqui na floresta, cada bicho se interessa por um tipo de assunto.

– Caramba. Como assim?

– Alguns passam a vida discutindo o que é a verdade, Deus, a alma, a liberdade.

– Nossa. Esses devem ser pensadores mesmo. Desses que desligam total do mundo de fora. Acho que Sócrates e Platão estão nessa turma.

– Pode apostar. Outros só pensam sobre o estudo, o aprendizado e o conhecimento. Cuidam dos limites dos bichos para conhecer o mundo.

– Acho que o castor Aristóteles entra aqui. Eles devem educar e ajudar os cientistas, não?

– Você também conheceu o castor Aristóteles? Tem andado em ótima companhia, Epaminondas. Saliento que, com Aristóteles, tendo a concordar ainda menos que com Platão. Voltando à sua pergunta, sim, eles deveriam ajudar os cientistas. Mas isso nem sempre acontece. A ciência tornou-se arrogante. Não nos ouve mais.

– Além desses temas, o que mais interessa aos bichos por aqui?

– Os mais inspirados interessam-se pelo belo. O que uma coisa do mundo precisa ter para que, com certeza, seja bela?

– Esses são dos meus. Meio artistas. Adorei. Quero muito conhecê-los. E você, Tomi, pensa no quê?

– Justamente. E sou daqueles que pensam nas coisas mais práticas. Em como os bichos deveriam agir e interagir. É por isso que acabou sobrando pra eu resolver esse problema.

– Qual problema?

– Do medo de ser atacado, de ser morto por outro bicho. Disseram que só terei conseguido resolver o problema de verdade quando todos eles puderem dormir onde quiserem. Sem receio nenhum.

– Em qual solução você pensou?

– Acho que o único jeito é criar um comando central.

– Comando central?

– Isso mesmo.

– Não parece nada simpática essa solução. Não sei se vão gostar.

– Claro que vão. Do jeito que está é que não dá mais.

– Mas como esse comando central conseguirá essa harmonia? Olha que para dormir em qualquer lugar sem ser molestado não é nada fácil.

– Então! Em primeiro lugar, todos os bichos terão que aderir. Caso contrário, não funciona. Em segundo lugar, haverá regras que terão que ser respeitadas. Em terceiro lugar, o comando central terá que ter força suficiente para fazer respeitar as regras e punir os infratores. Por isso, ele terá que ser muito forte.

– E se esse comando não conseguir garantir a segurança dos bichos?

– Não terá cumprido a sua parte.

– Mas e o que acontece nesse caso?

– Os bichos ficam autorizados a desobedecê-lo.

– Então é uma espécie de troca?

– Exatamente. Os bichos abrem mão de muito da sua autonomia. Em troca, o Comando Central garante a segurança.

– Tomi, vou lhe confessar algo. Essa sua ideia me lembra um pouco o governo do meu pai, Epaminondas Badaró III. Ele, como rei, tem poder absoluto, quem sabe um dia vocês se encontram para papear.

– Nossa, seria bom demais, obrigado, Epaminondas.

– Tomi, você já comunicou ao pessoal essa sua ideia?

– Em conversas aqui e acolá. Mas não o projeto todo. Você é o primeiro a saber. Por isso, peço que guarde segredo por enquanto. Não comente com ninguém sobre o que lhe falei.

– Nossa. Fico honrado, Tomi. Pode confiar. Gatos são túmulos.

A girafa esticou o pescoço e se despediu. Epaminondas gritou para o alto, agradecendo pela conversa. Cansado, sentou-se embaixo de uma linda macieira. Relembrou todos os encontros com aqueles maravilhosos filósofos desde que abandonara a família e o palácio. Percebeu que, quanto mais aprendia, mais vontade tinha de aprender. Não tinha mais dúvidas. Havia conhecido o paraíso. E tudo estava só começando. Sabia que encontraria muitos outros maravilhosos bichos pensadores. E não pararia nunca mais de aprender.

Enquanto todas essas ideias iam atravessando seu espírito, seus olhinhos foram se fechando, com a suavidade própria dos nobres felinos. E a vigília deu lugar ao sono reconfortante e tranquilizador. Uma última certeza, antes de se entregar de vez. Na floresta dos filósofos, todos os dias seriam inesquecíveis. Desses que mereciam ocupar toda a eternidade.

GLOSSÁRIO

Aristóteles (384 a.C.-322 a.C.) foi um filósofo grego, considerado um dos maiores pensadores de todos os tempos, figurando entre os expoentes que mais influenciaram o pensamento ocidental. Foi discípulo de Platão e professor de Alexandre, o Grande. Defendia a busca da realidade pela experiência e deixou um importante legado nas áreas de lógica, física, metafísica, da moral e da ética, além de poesia e retórica.

Giovanni Pico della Mirandola (1463-1494) foi um pensador italiano, tido como um dos mais notáveis representantes do humanismo renascentista. Em seu *Discurso sobre a dignidade do homem*, afirma que o homem não tem uma natureza fixa determinada previamente, sendo livre para estabelecer seu próprio destino.

Platão (428 a.C.-347 a.C.) foi um filósofo grego, tido como um dos principais pensadores de sua época. Discípulo de Sócrates, entendia que o papel da filosofia era o de libertar o homem do mundo das aparências para o mundo das essências. Escreveu 38 obras que, pelo gênero predominante adotado, ficaram conhecidas pelo nome coletivo de *Diálogos de Platão*.

Sócrates (470 a.C.-399 a.C.) foi um filósofo grego, considerado o "pai da filosofia" por representar o grande marco do pensamento ocidental. Não deixou obra escrita, seus ensinamentos são conhecidos por fontes indiretas.

Praticava filosofia pelo método dialético, propondo questões acerca de vários assuntos.

THOMAS HOBBES (1588-1679) foi um filósofo e teórico político de origem inglesa. Suas obras mais conhecidas são *Leviatã* e *Do cidadão*, ambas publicadas em 1651. Defendia que a sociedade só poderia viver em paz se todos pactuassem sua submissão a um poder absoluto e centralizado. O poder central teria a obrigação de assegurar a paz interna e seria responsável pela defesa da nação. Tal soberano – fosse um monarca ou um colegiado – seria o *Leviatã*, de autoridade inquestionável.

Personagens e fatos paralelos

ALEXANDER VON HUMBOLDT (1769-1859) foi um geógrafo, filósofo, historiador, explorador e naturalista alemão. Fez várias expedições que resultaram em importantes contribuições para o desenvolvimento das ciências naturais.

CLÁUDIO PTOLOMEU (90-168) foi um cientista de origem grega, tendo se dedicado ao estudo da astronomia, da matemática, da física e da geografia. Sua principal obra tem o título de *Almagesto*, e coloca a Terra como centro do universo.

EUCLIDES DE ALEXANDRIA (c. 323 a.C.-283 a.C.) foi um matemático grego, referido como o "pai da geometria". Sua principal obra, *Os elementos*, tem 13 volumes e sistematiza o conhecimento da época sobre matemática, retomando trabalhos de outros autores.

Giges é um personagem mencionado por Platão no livro *A República*. Descrito como um pastor, encontra um artefato mágico, em formato de anel, capaz de tornar seu portador invisível.

Heródoto (484 a.C.-425 a.C.) foi um historiador grego, sendo considerado o "pai da história". Registrou em detalhes um grande número de fatos ocorridos em sua época, com o intuito de preservar os conhecimentos obtidos através das experiências coletivas.

Immanuel Kant (1724-1804) foi um filósofo alemão, amplamente considerado um dos principais pensadores da era moderna. Suas pesquisas conduziram-no à interrogação sobre os limites da sensibilidade e da razão. A filosofia kantiana tenta responder às questões: Que podemos conhecer? Que podemos fazer? Que podemos esperar? Entre suas obras, destacam-se *Crítica da razão pura*, *Crítica da razão prática* e *Fundamentação da metafísica dos costumes*.

Laques é um diálogo socrático escrito por Platão. Seus personagens argumentam sobre o conceito de coragem.

Mar Egeu está situado entre a Europa e a Ásia, estendendo-se da Grécia até a Turquia. Destaca-se historicamente por sua importância para as civilizações antigas.

Michel de Montaigne (1533-1592) foi um filósofo, jurista e político francês. Em suas obras, analisou as instituições, as opiniões e os costumes, debruçando-se sobre os dogmas da sua época. Defendia o conhecimento de si mesmo como ponto de partida para uma ação em acordo com a verdadeira natureza do homem.

Nicômaco era filho e discípulo de Aristóteles, que escreveu e dedicou a ele *Ética a Nicômaco*, sua principal obra sobre ética. Nela, Aristóteles expõe suas reflexões sobre o caráter e os costumes, focando o tema da felicidade e os meios para alcançá-la.

Plínio, o Velho (23-79) foi um historiador, naturalista e oficial romano. Entre outras obras, que se perderam, escreveu *História natural*, uma verdadeira enciclopédia publicada em 37 volumes, compilando grande parte do conhecimento de sua época sobre os mais diversos assuntos, como antropologia, geografia, medicina e artes.

Santo Agostinho (354-430), nascido Agostinho de Hipona, foi um bispo católico, teólogo e filósofo latino. Considerado santo e doutor da Igreja, escreveu mais de 400 sermões, 270 cartas e 150 livros, obras de grande influência no desenvolvimento da filosofia ocidental. É famoso por sua conversão ao cristianismo, relatada em seu livro *Confissões*.

Sudoku é um jogo de lógica que tem como objetivo o preenchimento das células vazias de uma grade de 9x9, subdividida em nove grades de 3x3, com números de 1 a 9.

Trasímaco é um personagem do diálogo platônico *A República*, de Platão, sendo o principal interlocutor de Sócrates, a quem argumenta que a justiça estaria na conveniência do mais forte.

INFORMAÇÕES PARATEXTUAIS

por Angélica Vitalino

Formada em Letras e pós-graduada em Psicopedagogia pela Universidade Federal do Rio Grande do Norte (UFRN), é professora da rede pública de ensino desde o ano 2000 e assessora, desde 2011, o projeto "Parnamirim, um rio que flui para o mar da leitura", ganhador de sete prêmios nacionais.

Que livro é este?
Epaminondas Badaró IV na floresta dos filósofos

Aqui todos querem aprender. Amam a sabedoria.
E querem se tornar sábios.
(p. 36)

Olá! Esperamos que esta obra literária que chega a suas mãos seja uma ótima ferramenta para introduzir um assunto relevante e inicie uma conversa importante, sob a densa copa de uma floresta.

O livro *Epaminondas Badaró IV na floresta dos filósofos*, escrito por Ilan Brenman e Clóvis de Barros Filho, com ilustrações de Juka, traz uma narrativa envolvente, sobretudo nesse período em que você começa a sonhar com o futuro.

Na história do príncipe questionador que abdicou de seu conforto – que é, na verdade, inspirada na biografia de Sidarta Gautama, popular e comumente chamado apenas de Buda (você já deve ter ouvido falar dele!) –, você vai conhecer a vida e a obra de pensadores como os filósofos gregos Sócrates, Platão e Aristóteles; o pensador italiano Giovanni Pico della Mirandola; e o inglês Thomas Hobbes. Tudo isso de uma forma enriquecedora, a partir da sua realidade individual, bem aí do lugar em que você está agora.

Este é um daqueles livros completamente fascinantes, de que todos os seus amigos, e também seu professor, sentirão saudades, depois de terminar a leitura da cativante história do gato questionador chamado Epaminondas Badaró IV, em busca de respostas a seus anseios mais profundos.

Quem escreveu e ilustrou?

> *Mas o soberano andava muito preocupado com a curiosidade do filho.*
> (p. 10)

Embora o Brasil tenha um índice baixo de leitores jovens, há muitos escritores e ilustradores bem-sucedidos com *best-sellers* no país, o que mostra que estamos revertendo essa situação.

A vida do escritor **Ilan Brenman** se assemelha, de alguma forma, à do gato Epaminondas Badaró IV narrada no livro, que adentrou a floresta dos filósofos em busca de algo. O menino nascido na cidade de Kfar Saba, em Israel, chegou ao Brasil com seis anos de idade e aqui fez história. Hoje, é bacharel em Psicologia, mestre e doutor pela Faculdade de Educação da Universidade de São Paulo (USP).

Tem mais de 70 (!) livros publicados, sendo a maioria literatura para crianças e jovens, histórias em prosa que recriam a realidade, o que é bastante necessário, e trazem à tona o encantamento e os ensinamentos que tais narrativas são capazes de produzir. Por isso, é reconhecido com um dos mais importantes autores da literatura infantojuvenil em nosso país.

Através de sua arte, Ilan coleciona diversos prêmios que ultrapassam as fronteiras brasileiras, como o da Fundação Nacional do Livro Infantil e Juvenil (FNLIJ) por sua obra *O alvo*. Em *Epaminondas Badaró IV na floresta dos filósofos*, destaca-se seu respeito à inteligência e à sensibilidade do jovem leitor. Que tal procurar alguns dos livros do autor nas prateleiras de sua biblioteca escolar?

Doutor e livre-docente pela Escola de Comunicações e Artes da USP, o escritor **Clóvis de Barros Filho** tem dezenas de livros publicados, vários deles com outros renomados autores, como Mario Sergio Cortella, Leandro Karnal e Luiz Felipe Pondé. Diferentemente de Ilan, Clóvis é conhecido por seus ensaios sobre filosofia, política, comunicação e outros temas que preocupam indivíduo e sociedade. Por essas e outras razões, é considerado um dos principais pensadores contemporâneos do Brasil.

Juka, pseudônimo de Joaquim de Almeida, trouxe as formas e cores para o gato Epaminondas Badaró IV e para os demais personagens. Finalista do importante prêmio Jabuti por três vezes, o artista é também capoeirista (veja que interessante) e escritor, recebeu o selo altamente recomendável da FNLIJ por um de seus livros.

Ao folhear as páginas desta obra, você pode ver como o ilustrador trouxe cores e movimentos diversos aos personagens, mantendo algumas das características originais dos filósofos que são retratados na narrativa. Por exemplo, a girafa, apresentada na p. 65, tem bigode saliente e barbicha, como o filósofo inglês Thomas Hobbes. Nesse capítulo, os escritores ressaltam suas características físicas: "Ao terminar de falar isso, Tomi deu uma esticada no pescoço. Não parecia nada confortável aquela posição encurvada. E torcicolos em girafas são sempre de grandes proporções" (p. 70). E retomam seu pensamento sobre a necessidade de centralização do poder, como visto neste trecho: "Em primeiro lugar, todos os bichos terão que aderir. Caso contrário, não funciona. Em segundo lugar, haverá regras que terão que ser respeitadas. Em terceiro lugar, o comando central terá que ter força suficiente para fazer respeitar as regras e punir os infratores. Por isso, ele terá que ser muito forte" (p. 74). Ou seja, também é uma obra que fala bastante de política (não vá dizer que não gosta do assunto!).

Como esta obra chegou até você?

Aprender exige humildade. E você é humilde. Por isso aprenderá muito.
E, em breve, tirará tudo isso de letra.
(p. 48)

Para que este livro inteligente de viagem para dentro de si chegasse até você, um longo processo se deu (mas essa é uma outra história).

O que é importante saber é que *Epaminondas Badaró IV na floresta dos filósofos* pode ajudar no seu crescimento nas dimensões intelectual, emocional, social e cultural – o que seus professores chamam de "educação integral".

Para além da leitura, adentrar essa floresta proporcionará a você, jovem leitor, a experiência de ouvir, discutir e comentar o texto, com seu professor e colegas, sempre interligando os temas abordados com a vida de cada um.

Assim como Epaminondas Badaró IV tinha uma atração incontrolável pelo saber, nosso anseio é que você possa adquirir o gosto pela leitura e desfrutar da postura do protagonista desta obra literária.

Sabe aquela frase: "Viajar sem sair do lugar"?

> *O lugar onde você talvez encontre algumas*
> *dessas respostas é a floresta dos filósofos.*
> (p. 11)

O Brasil possui aproximadamente 500 milhões de hectares cobertos por florestas, de acordo com dados do Instituto Brasileiro de Geografia e Estatística (IBGE) de 2018. Ainda assim, é possível que, de sua casa, você não aviste grandes árvores, com copas fechadas e de folhas largas: são as necessárias florestas que, plantadas ou naturais, se encontram pelo nosso território, mas o homem está a devastar.

Mas, sim, é possível, com os olhos e a imaginação viver essa aventura protagonizada pelo gato Epaminondas Badaró IV adentrando a floresta dos filósofos: "Epaminondas finalmente chegou às imediações de uma exuberante floresta. Cores, cheiros, sons, que ele não havia conhecido antes, inundavam seu corpo" (p. 11). É o poder que a literatura tem de nos transportar para outros lugares!

E mais: apresentar curiosidades de outros tempos e lugares fazendo relações com a realidade atual. Perceba como se destaca a paisagem que o livro nos apresenta: "No palácio de Epaminondas Badaró III, tudo era luxo e prosperidade. Os desejos de seus moradores eram rapidamente saciados. Se alguém quisesse provar o leite do Tibete ou petiscar a sardinha do mar Egeu, dias depois essas iguarias estariam na cozinha real" (p. 9). Não é muito diferente da nossa vida cotidiana?

Durante a leitura, seu professor vai ajudar você a relacionar o pensamento de nomes como Sócrates, Platão, Aristóteles, Giovanni Pico della Mirandola e

Thomas Hobbes com as ideias de nosso tempo. Todos eles vão contribuir para você aprender a "pensar melhor", que é o objetivo da filosofia (esse nome o assusta?).

Se, quando você pensa em um filósofo, vem a sua mente um senhor de barba longa e óculos na ponta do nariz, está na hora de rever seus conceitos. Os filósofos são aqueles profissionais que nos ajudam a refletir, a ver o mundo de outros ângulos e a fazer perguntas importantes sobre a sociedade, a política, a religião, os costumes e muito mais. E sei que você, jovem leitor, é curioso, por natureza, ou não?

Portanto, a filosofia está presente na vida e em todo o livro que ora apresentamos para você, e pode nos ajudar a...

- *... nos conhecer melhor:* "Sei, sim. Sei que não sei. Essa consciência da minha ignorância é toda a pequena sabedoria que tenho. O meu único saber" (p. 17);

- *... pensar sobre nossa realidade próxima:* "Eu, na verdade, como lhe contei, sou um príncipe, e sempre tive pessoas que garantiram a minha segurança. Mas tenho certeza de que todos os outros bichos sentem muito medo de ruídos estranhos, de que pessoas invadam suas casas e roubem a sua comida" (pp. 69-70).

- *... questionar sobre o que nos repassaram como verdade:* "Nunca pensei sobre isso. Eu achava que essas vozes, por terem raízes nos nossos ancestrais, eram verdadeiras" (p. 21);

- *... refletir sobre aqueles que nos governam:* "Não é bem assim. A assembleia de bichos muitas vezes decide de forma estúpida sobre a vida dos outros, toma muitas decisões injustas" (p. 36);

- *... sermos pessoas melhores:* "Porque o virtuoso é excelente de segunda a domingo. A virtude não é só de vez em quando. Também não é um golpe de sorte, uma vez na vida e outra na morte" (p. 51).

- *... pensar sobre as múltiplas fases da vida:* "Pai, existem mendigos? Há quem seja tão pobre a ponto de passar fome? O que significa estar doente? Por que tanta riqueza e tanta pobreza no mesmo mundo? Todos envelhecem como o mendigo? A vida acaba? O que acontece depois?" (p. 10).

- *... e pensar sobre o fim das florestas, sobre o tipo de governo que temos, sobre a relação que estabelecemos com nossos pais etc.*

A filosofia, de verdade, nos ajuda a aprender a pensar em muitos aspectos da vida.

MAS FÁBULAS NÃO SÃO PARA CRIANÇAS?

> *Os filhotes de alguns bichos aprendem as coisas do mundo em lugares chamados escolas. São avaliados em provas. E precisam de aprovação nessas provas para, na sequência, serem autorizados a estudar coisas novas.*
>
> (p. 46)

Você já deve ter lido, na sua infância, histórias como "A cigarra e a formiga" ou "A lebre e a tartaruga". São as fábulas: composições escritas em prosa ou poesia em que há animais inteligentes e falantes, que nos ensinam boas lições em diferentes situações da vida. Não, as fábulas não são apenas para crianças. Aliás, grande parte dessas narrativas populares que conhecemos hoje foram escritas pelo grego Esopo, há dois mil anos, e foram transmitidas, através das gerações, até os dias de hoje (certamente seus pais conhecem várias dessas histórias).

As fábulas são cheias de metáforas e, para bem entendê-las, é preciso uma grande dose de perspicácia. Veja neste trecho da obra: "Receber os alimentos em troca de um papel é o que eles querem para a vida deles" (p. 47). Essa negociata de trocar um papel por outro objeto faz referência a um contrato, o que conhecemos muito bem, mas é preciso, aqui, ler as entrelinhas.

Em todo o texto, os animais como o gato, a pantera, o castor e outros apresentam comportamentos antropomórficos, ou seja, as virtudes, as qualidades e os defeitos de caráter dos seres humanos, o que não é muito frequente em um romance, por exemplo, que é uma narrativa longa em que se desenrola um enredo. A crônica, assim como a fábula, é uma história curta, mas que trata de assuntos do cotidiano urbano, com um tom crítico ou de humor.

Cada personagem do livro traz lições sábias, simples e valiosas. Veja outro trecho brilhante da obra: "Todos. Com exceção de um. São os primos do gorila. Só que com menos pelos. Nós os chamamos de gorilas também. Mas eles se acham superespeciais. Andam com o nariz em pé, empertigados e usam tecidos sobre o corpo" (p. 61). Quem seriam mesmo esses animais tão arrogantes que andam com o nariz em pé?

É PRECISO APRENDER A GOSTAR DE LER!

Tomi, tenho que lhe confessar. Nunca tinha visto uma girafa antes. Só ilustrações, nos livros do meu professor Humboldt.
(p. 68)

Às vezes, em um livro como este, de quase cem páginas, ficamos desmotivados à conclusão, até porque as distrações modernas em forma de séries e *smartphones* nos chamam a todo momento, com suas luzinhas piscando, não é mesmo? Mas, é preciso lembrar que o ato da leitura envolve treino também, ou seja, requer bastante prática e persistência.

O título já guarda riquezas a serem exploradas pelo leitor antes mesmo da leitura da narrativa. Você sabia que Epaminondas significa "aquele que está acima do melhor", "ótimo", "excelente" ou "insuperável"? E, mais, no livro, ele é o quarto de sua linhagem, seu poder foi transmitido por hereditariedade, por seu pai, seu avô, seu bisavô, seu tataravô...

Além daqueles benefícios que todos conhecemos bem, como aumentar o vocabulário e melhorar a capacidade de argumentação naquela prova que você tanto sonha em ter um excelente desempenho, um livro como este pode reduzir, e muito, nosso estresse e nos fazer pensar. Reserve um horário diário para se dedicar à leitura: pode ser no caminho para casa, no ônibus; à noite, em casa; aguardando uma consulta, no médico.

Aliás, qual o seu livro preferido? Qual a sua próxima meta de leitura? Planeje!

Leia livros de geografia, matemática e das outras disciplinas, mas não esqueça de reservar um tempo bem especial para ler obras de fantasia, como este livro que está sendo apresentado, de terror, poesia e romance. Mantenha interesses diversos, assim como o gato Epaminondas Badaró IV: "Além de mandar muito bem em matemática, astronomia e dança, era um exímio caçador de ratos, campeão de saltos ornamentais e um escalador talentosíssimo de árvores, muros e móveis em geral" (p. 9).

Aliás, tomara que Epaminondas Badaró IV e seus amigos filósofos fiquem com você na sala de aula e para além da escola. Seu cérebro vai agradecer e você será uma pessoa bem melhor!

Concluindo, então...

Gostei da nossa conversa e aprendi muito com ela. Obrigado.
(p. 23)

Obviamente, *Epaminondas Badaró IV na floresta dos filósofos* não é uma história real. Mas a ficção pode ajudar a olhar para questões e problemáticas globais, como o fim das florestas e o jeito como nos governam, sem perder de vista o indivíduo, sua história, seus desejos pessoais e questionamentos.

Todos somos um pouco como o gato protagonista que dá nome ao título do livro: aprendizes de pensadores em busca de algumas respostas. Tomara que esta leitura lhe permita desfrutar do prazer de se envolver com os personagens e suas histórias, com outras culturas e com a trama criada por Ilan Brenman e Clóvis de Barros Filho.